MW01116150

LA JAULA
busca el pájaro
MARICRUZ NÚÑEZ
Cuentos

EDITORIAL PRIMIGENIOS

Primera edición, Miami, 2023

© De los textos: Maricruz Núñez
© Del texto de contracubierta: Froilán Escobar
© De la presente edición: Editorial Primigenios
© Del diseño: Eduardo René Casanova Ealo
© De la ilustración de cubierta: Midjourney
ISBN: 9798862862157

Edita: Editorial Primigenios
Miami, Florida.
Correo electrónico: editorialprimigenios@yahoo.com
Sitio web: https://editorialprimigenios.org

Edición y maquetación: Eduardo René Casanova Ealo

Queda rigurosamente prohibida, sin autorización escrita de los titulares del *Copyright*, bajo sanciones establecidas por las leyes, la reproducción total o parcial de esta obra por cualquier medio o procedimiento, comprendidos, la reprografía y el tratamiento informático.

Su música me lleva
a un acantilado con un pájaro
que juega a oírse cantar.
Su música me alumbra en la lluvia
por donde vamos yo y una jaula vacía.

Alejandra Pizarnik

A mis amigas, que alrededor de una botella de vino y sin saberlo, vieron nacer este libro. Pero también a las amigas de mis amigas y a las amigas de las amigas de mis amigas... Porque todas renacemos, una y otra vez, entre las vicisitudes de la vida.

A mi papá

OTRA VEZ

La noche ha sido corta, más corta de lo que hubieran querido, como para que durara una eternidad y el sueño no quedara suspendido en el eco de los te quieros y los deseos cumplidos... hasta la próxima vez.

No serían más de las nueve cuando se encontraron, abrazados por la oscuridad de la noche y el torrencial aguacero que avecinaba una noche de pasión, besos y caricias al calor de la chimenea. Una botella de vino con hojuelas de oro les esperaba, el mismo que tomaron -hará un año ya- quesos y fiambres y el *playlist* de esas canciones que les fueron conquistando.

Algo torpes por la emoción, el miedo y la expectativa se fueron desvistiendo, como tantas veces lo habían hecho, sin embargo, esa noche era diferente, por primera vez no tendrían el tiempo en contra y podrían tener una noche completa para amarse.

Recorrieron sus cuerpos como queriendo guardar en su memoria cada centímetro de piel, aspirar su olor y grabar cada sonido, cada movimiento, como queriendo fundirse uno en el otro. Se miraron tan profundamente que las palabras estorbaban, cada uno había encontrado su lugar seguro y por un momento solo existía aquella cabaña, ese era su mundo y de ahí no quisieron salir.

Durmieron abrazados, extasiados, tomando lo mejor de cada uno, aspirando el mismo aire y compartiendo el calor que los cuerpos aun desprendían. Hasta que llegó el alba, cuando finalmente brindaron con ese caro vino y comieron algo de lo que habían traído. Ella llevaba su camisa, la misma que guardaría para preservar su olor. Él por primera vez no tenía palabras. Amaba su cuerpo, pero más su alma.

Se abrazaron, respiraron el rocío de la madrugaba que se camuflaba entre las hojas de los árboles que ofrecían un espectáculo a la pareja. Juntos, en silencio, recorrieron una vez más sus cuerpos, pero esta vez con la angustia apoderándose de su mente y su corazón. Diciendo sin decir lo que hasta el momento no se habían atrevido.

Recogieron la ropa, las ilusiones y los buenos momentos, y los empacaron en la mochila que cada uno cargaba. No había nada más que decir, era el momento. Yo no tengo ataduras, eres tú, pensabas. Mientras evitabas que las lágrimas corrieran por tus mejillas una vez más. Pero eso ya no era suficiente. Era momento de decir adiós... Otra vez.

EL PODER DEL NO

Ella se despide como si nada hubiera pasado. Al menos eso cree él que, como buen amigo, hasta a desayunar la ha invitado. Lo mira alejarse. Es un día brillante. Le duele la cabeza. El ronroneo del bus, anunciando su partida, le recuerda que todo ha acabado.

Es viernes, hay un lugar de moda que no conoce. Un amigo la invita y hasta le ofrece su casa para que pase la noche, así no se expone, le había dicho.

Conversaciones, risas, música y una que otra cerveza. "Gracias por invitarme". Una mirada, una mano. Pero si no me gusta. Un beso robado. Bueno, un beso. Más risas, más música, una que otra cerveza y otro beso.

"No va a pasar nada más, voy a dormir, estoy cansada". Apaga la luz. El bus se detiene, la señora que se sube lleva la compra, una carga pesada. Alguien le ayuda.

Sus manos, su saliva, el calor de su cuerpo, su miembro erecto junto a ella, a que sí quieres, le dijo bajito. "Vamos, no seas así, somos amigos".

"No".

Siente su aliento, su fuerza, su deseo incontrolable. Todo está oscuro. "De verdad no quiero". Está sobre ella, le sujeta las manos, no puede moverse. El *jeans* le dificulta su trabajo. Trata de alejarlo. Con una mano la somete. Es la impotencia lo que más le asusta.

El chofer frena de golpe. Alguien se ha interpuesto en el camino. ¡Mierda! Ella no sabe en qué momento su amigo dejó de escucharla.

Su cara se ha humedecido. Su fuerza ha abandonado su cuerpo. Su mente se resiste.

"Ok, pero sin condón, no". ¡La suelta! Un segundo. Huye a tientas. El baño, su refugio. Sus lágrimas el arrullo.

"No se puede ir sin desayunar. Vamos, la invito y luego la acompaño a la parada, no le vaya a pasar nada". Hace calor.

El bus arranca de nuevo.

AMOR-ODIO

Hoy me he levantado con ganas de verte, de tener esa cita que he estado posponiendo por días. Porque hoy estoy segura de que no habrá reproches, malas palabras o decepciones.

Sé que no siempre hemos tenido la mejor relación, hasta algunos dirán que es una relación tóxica en la que unos días nos amamos y nos alegramos de los avances y otros, en que nos odiamos a muerte y nos hacemos daño.

Esta vez estoy segura de que serás mi apoyo y mi inspiración, me harás sentir bella otra vez y aunque ignorarte por meses no me trajo buenos resultados, esta vez fue solamente una sana distancia la que decidimos poner, para sanar mi corazón, aceptarme y quererme como soy.

Pero estoy lista para retomar nuestra relación... de años interrumpidos, decepciones y alegrones de burro, pero también de días buenos y algunos, no muchos, muy buenos. Eres mi relación más larga y me has acompañado por los días más oscuros y nunca me has abandonado, al final solo has dicho la verdad y yo debo aprender a escucharla.

Pero bueno ya, no daré más largas e iré a tu encuentro, pues tú siempre me esperas paciente a que me acuerde nuevamente de ti, queriendo siempre darme buenas noticias.

Pero... ¿Será hoy un buen día?, dudo. Nunca me he sentido más vulnerable que cuando llega el momento de encontrarme contigo, es un subidón de emociones, un repaso de lo que he hecho bien y mal. Y ese primer impulso se ha esfumado entre la ansiedad y la desolación. Expiro fuerte. No me había dado cuenta de que tenía la respiración contenida. Me convenzo de que sí, hoy es el día de verte, no puedo seguir posponiéndolo y que pase lo que tenga que pasar.

Busco en mi *clóset* la ropa más ligera y cómoda para no confundirte, no he comido nada en las últimas horas, pero el hueco en el estómago no es de hambre. Respiro profundo, doy un paso al frente cerrando los ojos, esperando lo mejor, pero temiendo lo peor. Como siempre. Es inevitable. Ya no hay vuelta atrás.

El sonido me anuncia que ha terminado el encuentro y con temor abro los ojos y miro hacia abajo, parpadeo para estar segura de lo que veo. No hay margen de error. "¡Maldita sea, ni un gramo ha variado!"

La edad de mi escalofrío

Ya son muchos años y aún no me acostumbro a este escalofrío que recorre mi cuerpo y que, a la vez, me hace sudar como si estuviera debajo del sol a media mañana.

No sé si es de día o de noche o de plano la conciencia se me va de a poco. Siempre pensé que no pasaría más a estas edades, o eso me habían hecho creer, pero la vida te sorprende y aún estoy en estas.

Nunca he corrido una maratón, o he hecho ejercicio, mi barriga que asoma y la piel, fiel creyente de la gravedad, lo atestigua, pero estoy segura de que se siente como yo me siento: un palpitar acelerado como si de plano me fuera a morir, un escozor, en todo el cuerpo, que me quema, mi vida pasando en un segundo, lo bueno y lo malo, se me va la respiración, pero no quiero que acabe. Disfruto el proceso y la recompensa siempre ha sido buena.

Aún lloro porque el sentimiento me desborda. Y sigue siendo como la primera vez. Aunque ahora sé cómo manejarlo. La sabiduría que dan los años, dirían por ahí, yo digo que nadie me quita lo andado ni lo *bailao*.

Ya no me pasa tan seguido como antes, o como quisiera, pero lo suficiente para recordarme que estoy viva. De pie me canso, acostada me sofoco, y de cuatro, ni hablar. Así que ahora tengo que ser más creativa. Aunque la creatividad nunca ha sido el problema, o las ganas.

Con el tiempo me he vuelto más delicada, eso sí. Y planificadora, porque eso de que se le suba a una el calorón a media mañana, entre que limpio, barro y cocino, eso, eso solo de recién casada.

Hoy ha sido un buen día. Suspiro extasiada esperando el próximo encuentro.

—¡Buenas noches, mi amor!

¿Amigos sin etiquetas?

El amor perfecto es una amistad con momentos eróticos.
Antonio Gala

Aprendí lo que era un *booty call* cuando creía que tenía edad para manejarlo. Ese sexo libre, sin ataduras, que solo los hombres creen que pueden tener. Ese amigo especial que en ocasiones de necesidad está dispuesto a sacar la tarea.

Y aunque no hay un contrato o pacto, las reglas están implícitas. Yo quiero, tú quieres. Estamos solos, nos hacemos compañía. La pasamos bien y, al día siguiente, tan amigos como siempre. Sin preguntas, sin explicaciones.

A mi *booty call* lo conocí hace mucho tiempo, en una salida casual, de amigos, sin mucha premeditación y con la confianza de una vida, entre copa y copa, una cosa llevó a la otra y terminamos enrolados.

El sexo fue maravilloso, congeniamos a la perfección, danzamos en sintonía y sin preocupaciones y al día siguiente... pues, nada, un beso de despedida, él para su casa y yo para la mía, con una sonrisa de satisfacción en la cara.

El fin de semana siguiente nos encontramos para ver una película y el resto es historia: no recuerdo si llegamos a ver el final. Nos abrazamos, nos acariciamos y nos apapachamos. Sin embargo, no había planes ni promesas vacías, o cuentos de esos que los hombres creen que las mujeres necesitamos escuchar.

No sabíamos que nos necesitábamos, así, sin ataduras. Como amigos. Disfrutándonos el uno del otro. Mientras aparecía algo mejor. Una semana sí y otra también. Más llamadas, más compañía, más intimidad y miradas cómplices. Un mes tras otro.

El juego del querer sin querer y el secreto que no se busca guardar, lo hacía más excitante, porque la fórmula funciona, y muy bien, hasta que deja de hacerlo.

LA SALCHICHA

Caminaba de vuelta a casa. Y como todos los días, su madre la vigilaba de lejos. Era menos de un kilómetro, en un pueblo chiquito donde en realidad nada pasaba.

> *"Un elefante se balanceaba*
> *sobre la tela de una araña..."*

Saltaba de loseta en loseta, mirando los árboles, escuchando los pájaros, sintiendo el viento en su cara y el sol que la encandilaba...

> *"Como veía que no se caía*
> *fue a buscar otro elefante."*

El mismo camino todos los días... de la escuela directo hasta la casa de Panchita, doblaba a la derecha en la plaza. "Pase rapidito por ahí, porque es muy solo y se parquean muchos carros", le había dicho su madre.

Pero ella adoraba ese trayecto que, al estar a desnivel, le permitía ver todo lo que abajo sucedía: la basura olvidada, el monte que crecía, las personas que conversaban o los carros que paraban.

"Dos elefantes se balanceaban
sobre la tela de una araña
Como veían que no se caían
Fueron a buscar otro elefante."

Una mañana tranquila. Solo un carro rojo estaba parqueado. Un *pick-up* con las ventanas abiertas. Le extrañó. Se detuvo y se agachó para ver mejor. ¿Por qué alguien dejaría las ventas abiertas... y si llueve?

"Tres elefantes se balanceaban
sobre la tela de una araña..."

Había alguien en el carro. Sí, era un hombre, que con los ojos cerrados frotaba efusivamente... ¿una salchicha?

"Como veían que no se caían
Fueron a buscar otro elefante."

Se quedó detenida. Atrapada. Se quedó balanceándose sobre la imagen del hombre como el elefante sobre la telaraña.

QUIÉN ES QUIÉN

Se levanta sin decir nada, recoge la ropa que está tirada por el cuarto, la sala y la cocina, no encuentra un zapato y la blusa ha perdido un botón. Se viste deprisa y en silencio. Se marcha sin mirar atrás.

Ella ha esperado este momento. Como es de rigor, se ha hecho desear en esta, su tercera cita. Aunque desde el día en que lo conoció quería lanzarse a sus brazos y pedirle a gritos que la hiciera suya. Esa manera de mirarla y seducirla la ha vuelto loca.

La antesala: una copa de vino, música suave y luz tenue. Una cena que enloquece los sentidos o, su perfume, que embriaga el ambiente y, de postre, su cuerpo.

Él, con delicadeza, le besa la pantorrilla mientras le desata la sandalia, la recuesta sobre el sillón y desabotona la blusa, toca sus pechos, "perfectos para sus manos", le dice y admira su ropa interior, esa que compró especial para la ocasión, que la hace sentir sexy y que él ahora aprueba desvistiéndola con la mirada.

La toma en sus brazos y la sube a la mesa, levanta su enagua y recorre sus muslos delicadamente. Arde de deseo, lo sabe, se ha mojado. La voltea y besa seductoramente su cuello bajando por su espina dorsal. Le provoca un escalofrío. Aprieta sus nalgas, fuerte, lo que le provoca un gemido, duele, pero con ese dolor rico que no quiere que cese.

La voltea abruptamente y la besa apasionadamente. Le corresponde. Siente su sexo, lo desea. Igual que él a ella. De camino al cuarto, pierde el brasier y el hilo: están desnudos. Y el calor, abrumador, la derrite. Le araña y él sonríe. Y toma el control al ponerse sobre él.

Le besa apasionadamente cada centímetro de su cuerpo, empezando por su boca y, para postergar el placer, en el descenso, masajea su miembro sin dejar de besarlo. Roza su sexo con su sexo. Son dos cuerpos convirtiéndose en uno, ya no se distingue quién es quién. Encajan perfectamente.

Gimen. Se chupan, Se mordisquean. Hay una complicidad sin explicación. Se mueven en un ritmo sincrónico, como si fabricaran el placer.

Ninguno quiere que termine. A ella le falta el aire: a él, la respiración. El uno usa el del otro. Se consumen. Ella no sabía que podía sentirse así. El deseo se acumula en su clítoris. Él le introduce su pene erecto antes de rodar, cama abajo, extasiado.

Se miran a los ojos. Él sonríe de esa manera boba que deja el placer. Y, exhausto, a punto del desmayo, le dice "qué dicha que estuviste a mi altura".

Como cuatro

—¡Hola, doctor!

—Hola, hola. Pase, tome asiento.

—Por ser la primera vez que viene conmigo, le voy a hacer unas preguntas generales para construir su expediente.

—¿Edad?

—Treinta años.

—¿Estado civil?

—Casada.

—¿Enfermedades que padece o ha padecido?

—Ninguna.

—¿Enfermedades venéreas?

—No.

—¿Embarazos o pérdidas?

—No.

—Fecha de su última revisión.

—Hace un año aproximadamente.

—¿Algún examen alterado?

—No.

—¿Cuántas parejas sexuales ha tenido?

Pedro, Marco, Agustín, Juan, dos Gabriel, Matthew, Sergio, Roberto, Julio, Enrique, Luca, Alfredo, Felipe…

—Creo que… como cuatro, doctor. Sí… como cuatro.

—Ok, pase para examinarla.

Un viaje inolvidable

Exhausta, sales después de un largo día de trabajo. Los niños hoy estuvieron particularmente molestos y no sabes si te va a venir la menstruación, pero andas un poco indispuesta. Llueve torrencialmente y olvidaste el paraguas. Es la hora pico y tú solo sueñas con tu cama.

Enciendes tu teléfono y solicitas un carro en la aplicación. Está a cinco minutos. La espera es larga, hace viento y el frío te está calando los huesos. El carro, en la pantalla, se mueve lentamente hasta encontrarte.

—¡Hola! Buenas tardes. Sonríes a pesar de que te pesan hasta las mejillas.

—Buenas tardes. Disculpe la demora, es que hay demasiados vehículos y, con esta lluvia, ya sabe cómo se ponen las calles.

—No se preocupe, yo entiendo, le respondes al chico risueño que conduce. Aunque esperas que esa sea la única y última interacción.

Han pasado veinte minutos, no han avanzado más de dos kilómetros y la lluvia no aminora. Te cuesta hasta escuchar la radio, que como si fuera un chiste, le ha dado por ser optimista: *"It's a beautiful day. Don't let it get away. It's a beautiful day"* ...

—Cómo llueve, ¿verdad? Es el chico de nuevo, que te mira por el retrovisor.

—Sí, hace mucho tiempo que no llovía tanto, respondes sin mucho interés, pero cortés.

—¿Un día largo?

Te acomodas en el asiento. Te rascas los ojos y te desperezas. Parece que no escaparás a la conversación superflua.

—Sí, un poco, siempre es cansado trabajar con alumnos pequeños.

—Ah, es profesora. Qué interesante. Tan joven que se ve.

—Ni tanto — le respondes.

No lo tome a mal, por favor, no quiero ser inoportuno, solo quiero decirle que, si me da una oportunidad de, al menos, tener una bonita amistad con usted. Vea, le dejo mi número, porque lo mejor que me podría pasar sería que me escriba un mensaje a mi WhatsApp.

Se lo pido, preciosa, ojalá me dé un chance.

Miras la aplicación y tu tiempo estimado ha aumentado quince minutos. Al parecer, además hay un choque. Te mira nuevamente y ve la cara de preocupación y obstinamiento que llevas.

—La gente maneja muy mal y con este clima se pone peor. Todos quieren llegar rápido y cometen imprudencias, y ¡zas! terminan chocando. Te dice como leyendo tu mente.

Mueves tu cabeza en modo de afirmación. De verdad lo único que deseas es llegar a tu casa.

Lo que pasa, señorita, es que desde ese día no dejo de pensar en usted. Esa muchacha agradable, de buena conversación que incluso reía conmigo durante el viaje, y perdón, no sé si tiene novio, pero desde ese día creo en el amor a primera vista.

Avanzan por primera vez en media hora. Y la lluvia parece aminorar. Sin embargo, ahora un dolor de cabeza empieza a asomar. Tomas agua y respiras profundo.

—¿Quiere una menta?

—No, gracias.

Cierras los ojos. La luz te molesta y sientes náuseas. Crees que estás al límite de una jaqueca. "Excelente día para sentirme mal", piensas. Pero tu conductor no parece notarlo porque continúa con su charla, aprovechando que nuevamente se han detenido.

—Esta vida que va muy rápido. Empieza a filosofar.

—Pues no pareciera, no ve que no avanzamos, dices en modo chiste. Los dos ríen.

Yo de antemano me disculpo por hacer esto de manera tan informal. La verdad, lo pensé mucho para buscarla, incluso para esto de escribirle, primero por vergüenza y segundo por no ser atrevido.

Le envías un mensaje de voz a tu mamá y le aseguras que llegarás en menos de media hora, que no se preocupe, que vas en un carro que llamaste con la aplicación y que le compartes la ubicación. Le explicas que no te sientes bien -como quien le dice a Juan para que entienda Pedro- pero que ya pronto llegas.

—¡Ay, qué pena muchacha! ¿No se siente bien?

—Es un dolor de cabeza nada más, ya se me va a pasar, respondes.

—Cualquier cosa me dice, oyó.

Hola, profe, jajaja. La verdad no sé ni cómo comenzar. Soy el muchacho de la aplicación que hace más de un mes te llevó del trabajo a tu casa bajo un buen aguacero que de fijo vas a recordar.

Finalmente llegas a tu casa. Agradeces el viaje y le deseas una bonita tarde. Él hace lo propio.

—¿Dónde estabas?, —te pregunta tu mamá con cara de susto. —Supongo que esto es para usted. Te entrega una carta.

Para la profe. Leer por favor.

AL OTRO LADO DEL MAR

Hemos llegado temprano. El camino ha estado silencioso, como melancólico diría yo y solo alguna que otra mirada de reojo ha logrado permear el ambiente, tratando de ocultar lo que nuestro corazón grita.

Otra vez se ha pasado más rápido el tiempo. Y las agujas del reloj parecieron ir de cinco en cinco, y como una sentencia de muerte inevitablemente ha llegado el día... de nuevo. Me sujetas fuerte como queriendo sin querer.

Apagamos el motor, abrimos las ventanas y la brisa enfrió un poco más el ambiente. Aún tenemos unos minutos, nos tomamos de las manos y nos traspasamos con la mirada, me acaricias la cara y el cabello. Y me das el beso más dulce que tienes en tu repertorio.

Yo respiro profundo y disimulo la lágrima que intempestiva e inoportuna necesita salir. Me dices que me extrañarás y que pensarás en mí todos los días, pero de nuevo nos separará el Báltico y, sin saber cuándo nos volveremos a ver, te ayudo con la maleta, te abrazo y te veo caminar por la escalinata hasta el ferry que te roba y te lleva lejos de aquí, que debería ser tu hogar.

El reflejo del sol me impide verte a lo lejos en este día gris. Enciendo el motor y corro tras de ti.

A LA ESPERA DE LA REALIDAD

Hoy has decidido salir a comerte el mundo o al menos a uno que otro. Has estado encerrada en cuatro paredes viendo ese punto negro que no has podido quitar de la pared.

Has dado tiempo, has sacrificado lo que más te gusta y al final sientes que la vida se te escapa entre las rendijas de la monotonía. Siempre lo mismo, un día tras otro.

Pero eso cambia hoy. Te has comprado ropa nueva, maquillaje brillante y unos tacones que bailan solos. Tu amiga te espera y la noche se acerca.

Bebes un trago y te pierdes en tus pensamientos. Para ti el reloj no parece ir más lento, al contrario, los días van demasiado rápido sin que pase nada. Migajas de ilusión y fantasía, un día sí y otro también, pero no lo suficiente para no irte perdiendo en ese sillón roído donde envejeces lentamente.

El perro ladrando, tu *playlist* favorito y el sonido de la soledad te acompañan mientras esperas sin esperar a que vuelvas a ser su centro de atención o al menos recuerde que existes.

La música estruendosa te devuelve a la realidad, no es que necesitas probar nada, solo sentir que estás viva. Alguien te coquetea al otro lado de la barra. Sientes como el corazón se te acelera, las mejillas se acaloran y las piernas te flaquean.

Conversan, ríen, te invita a un trago y hasta baila contigo pegado. Te acomoda el cabello, te mira a los ojos y te besa... pero no sientes nada. Ahora lo entiendes todo. Das media vuelta y regresas a tu casa y a la de él, que siempre te espera.

¿SEÑORA?

Te levantarás temprano para cumplir con tu rutina de belleza antes de empezar el día: guacha facial, crema humectante en el cuerpo y doble capa de bloqueador, batido verde, top deportivo, licra y tenis y estarás lista para darlo todo en el *gym*.

De camino recordarás tu cita del peeling y la reunión con el cliente. Ya agendarás luego las cejas y la depilación completa y no olvidarás las manchitas que te empiezan a salir en la cara por el sol.

Chequearás el correo y confirmarás que ya te llegó el colágeno y la creatina del mes. Y confirmarás con un mensaje tu participación en la carrera del domingo.

Llegarás puntual para hacer la clase de zumba antes de dominar la caminadora, sin olvidar las pesas para que no se te hagan aletas o se te bajen las nalgas.

Te mirarás en el espejo y te gustará tu reflejo, estarás fuerte y te verás joven y radiante. Estás sin duda en tu mejor momento. Y hasta sorprenderás al de la recepción echándote un ojo. Correrás al carro, tienes un día ocupado, no sin antes despedirte del oficial de seguridad.

—¡Hasta luego, que tenga un lindo día!

—¡Gracias! Usted también señora. ¡Hasta luego!

Sonríes incómoda.

¿Señora? ¡Igualado!, pensarás.

—Hola, buenas. Tendrán espacio hoy mismo para retoque de botox y si el cirujano tiene espacio para valoración, se lo agradezco.

35

Fluctuaciones del tiempo

Te harás vieja, sí, como cualquier ser humano. Bueno, excepto tú, tú perdiste ese derecho hace treinta años, cuando lo conociste a él.

No pasará un día sin que te escudriñen, en cada reunión familiar, en cada foto que compartas, en cada dolencia que aduzcas.

Y aunque pase el tiempo siempre tendrás que probar, una y otra vez, estar a la altura, no a él, él siempre lo ha sabido.

Desde el primer día tendrás que disimular y sonreír ante las preguntas y los comentarios inadecuados. Tendrás que aprender a burlarte de ti misma para evitar que otros lo hagan por ti. Darás más explicaciones que cuando eras una adolescente, a propios y extraños.

Perderás amigos y uno que otro "ser querido", tendrás dudas, claro y alguien te hará sentir mal e inadecuada. Alguna vez hasta te preguntarás si hiciste lo correcto. Te enojarás, te indignarás y llorarás.

Pensarás en hacerte un retoquecito, una estiradita, los ejercicios y la dieta, no faltarán. Y estar a la moda no será una opción. Porque siempre te recordarán que pudiste no haber sido tu. Y temerás, más que cualquier mujer, un día perderlo.

Has salido a festejar con tus amigas tus cuatro décadas, pero cualquiera diría que son solo tres. Nunca te has sentido tan bien como ahora, plena y con ganas de reiniciar tu vida.

—¡Hola!, tan guapa y tan sola... —te dice el chico que no ha dejado de mirarte desde el otro lado de la barra, mientras guiña a tus amigas para que le sigan el juego y los dejen solos.

Te invita a un trago y te cuenta sus gustos, sus pasiones, te escucha con fiel interés y te invita a bailar y en cada roce, sientes como la piel se te eriza. Y no puedes creer el hormigueo que provoca en tu estómago y en tu sexo. Quisieras que la noche no acabe.

Te olvidas del mundo y el qué dirán, en eso momento solo existen los dos, a pesar de la música estruendosa y las decenas de personas que también festejan la vida a todo pulmón.

Su sonrisa te hechiza, pero esa mirada de niño bueno te tiene encantada. Las horas pasan y ya tus amigas se han marchado. Pero tú sigues ahí, prendida de esa voz cálida que te seduce como cuando tenías quince.

—¿¡Cómo no te conocí antes?!, —te suelta haciendo uso de una de sus mejores líneas conquistadoras al cerrar la noche. Y tú con esa cara de boba, que para ese momento ya tenías, le respondes picarona: "porque tendría que haberte ido a buscar al kínder" y lo besas apasionadamente.

ADIÓS A LA MUÑECA

Hoy por fin dices adiós a la maternidad. Esa que ha rondado tu cabeza desde que eras chiquita, cuando jugabas con muñecas. La misma con la que soñabas viendo los bebitos en la calle o hacías de niñera.

Esa que te hizo ilusionarte con una gordita cachetoncita parecida a ti, cuando eras bien jovencita. O con mellizos para tener la parejita. La que querías vivir, aunque no tuvieras pareja y antes de que el reloj biológico te alcanzara.

La misma que ves en tu cuerpo cada vez que se te hincha la panza por un ataque de colitis. Y finges frente al espejo. La misma por la que te preguntan una y otra vez desde que te casaste. O con la que te bromean cuando has subido un poco de peso o te da asco la comida.

Hoy la despides, no como quien se quita un peso de encima, la despides en medio del duelo, a pesar de que no ha muerto ni está enferma. Tampoco ha sido el tiempo. Ni la vida. Ni el destino.

La despides porque así lo has decidido. Hoy la dejas ir porque tú eres tú prioridad. No es egoísmo, aunque tú misma algunas veces lo has pensado, y si lo es, también lo tienes claro.

Hoy se va sin dolor ni resentimiento. Sin dejar estragos ni estrías en tu vientre ni en tu corazón. Se va en paz para nunca volver, sin mirar atrás buscando la realidad en la que nunca estuvo.

LA SOMBRA

Nada más te ha costado diez años darte cuenta: tenía que divorciarme, de eso no tengo duda. Cuando una se siente extraña en su propio cuerpo, tiene que hacer algo. Me dicen que nunca es tarde o eso quiero creer. Que aún hay tiempo para re-iniciar-me.

Sabes que no puedes seguir siendo la sombra de lo que fuiste. Ya no reconoces ni el reflejo que el espejo proyecta de ti. Ni modo que te quedes esperando. No maquillarte para pasar desapercibida. Esa moda que solo usan las jovencitas o las que andan buscando en la calle lo que no se les ha perdido.

¿Quién eres?

Por años, una enagua muy corta, un vestido muy transparente o una blusa muy escotada te hacían sentir culpable. ¿Así piensa salir? Y te cambiabas. Lo sexy se convirtió en pecaminoso y lo rojo en vulgar. Pero no siempre fue así.

Te casaste enamorada, como muchas, de un hombre atento, detallista y cuidadoso. Celoso sí, un poco. Pero ¿quién no lo es? Adoraba tus curvas y hasta que te voltearan a ver, siempre y cuando él te llevara del brazo. Salieron, bailaron y empezaron una vida juntos, como todas las parejas, compartieron alegrías y tristezas.

Pero tú te fuiste perdiendo entre las obligaciones y los celos, entre los interrogatorios y la mujer perfecta. Entre llevar la fiesta en paz y cumplir con la sociedad.

Al principio eran solo comentarios o sugerencias, inclusive regalos que de pronto no atinaban tu estilo pero que agradecías.

Recogerte en el trabajo, que detallista. Recogerte para que no andes sola o acompañada hasta perder tu independencia, la realidad.

Agresivo-pasivo le llaman ahora. Tu solo creías estar cumpliendo el papel para el que te criaron. Dando el ejemplo a tus hijos de resiliencia, de priorizarlos, sin saber que te perdías.

La resignación se apoderó de ti. Se te fue muriendo la voluntad por alzar la voz y defenderte. Se te fue carcomiento el alma y con ello el deseo.

Has estado en ese letargo demasiado tiempo. Por eso ya no te reconoces. Ya no sabes quién eres. ¿Qué te gusta? Y, ¿qué no? Lloras a solas, sintiéndote cada vez menos. Hasta convertirte en alguien insignificante, que ni tu familia reconoce.

No, ya no estás enamorada. No de ese hombre, sin duda. Pero tampoco de la mujer que miras al espejo.

Me ha costado mucho reconstruirme, sigo haciéndolo, nada fácil desaprender y ser otra. O la misma que algún día fuiste.

SABOR A TUTTI FRUTTI

Querido diario:

♡♡♡♡♡ Hoy he dado mi primer beso!!! ♡♡♡♡♡

La verdad yo no lo tenía planeado y todo fue arreglado por mis amigas. Desde hace días estaban con la necedad de que no podía ser yo la única que no hubiera dado un beso y bueno por fin se les hizo. Ya al menos por ese lado me dejarán en paz. ¡Espero!

Debo reconocer que ya me tenían cansada de que cada vez que nos sentamos a hablar empiezan con los cuentos de que si el beso de vaca, que si el chicle, lo que estorban los *brackets* o el *piercing* en la lengua o que si duró poco o mucho o quién besa mejor o peor y pues yo solo podía imaginar cómo sería besar otra cosa diferente a una manzana.

Pero, bueno, finalmente hoy pasó!!!, y aunque no lo creas... con un chico que la verdad ni conocía, jajaja. Qué chistoso, ¿verdad? Nunca me hubiera imaginado que así sería mi primer beso.

La historia es larga pero una ocasión como esta merece que quede plasmada con lujo de detalles... No quiero que nada se me pase, ya que todo empezó porque ayer estábamos en una actividad del cole en el parque del pueblo y, pues, dicen mis amigas que yo le gusté a este chico, que según ellas yo estaba mirando también, pero aquí entre nos... yo no tenía la más remota idea de quién me estaban hablando.

Lo más increíble de todo es que el susodicho, al parecer, es todo un *playboy* y las chicas mueren por él, al menos las del barrio donde vive mi amiga, donde casualmente hoy fuimos a hacer un trabajo del cole.

Cuando llegamos a su casa andaban en una chismeadera, unas les cuchicheaban a las otras y no me contaban nada, no que eso fuera novedad ☹, luego mi amiga salió a hablar con alguien al portón y al volver dijo: ¡todo está listo! Y yo, ¿listo qué?

Y entre risas me explicaron el plan que, sin consultarme, habían decidido poner en práctica. Yo básicamente caí en cruz. No estaba ni ligeramente preparada, el estómago me dio tres vuelcos y sentí que me iba a desmayar.

Obviamente, mi primera reacción fue ¡ESTÁN LOCAS! Obviooo, pensé en mi mamá, en si alguien me veía y le contaba y en si yo no lo hacía bien... ¡Después de todo es el chico popular del barrio!

Traté de disimular mis nervios y ser objetiva en decirles que no, pero mi amiga se enojó y me dijo que, cómo le iba a hacer eso, que ya todo estaba arreglado y que a las seis llegaría a verme. Y, pues, contra todo lo que mi mente me decía, tomé valor y accedí.

El resto del tiempo, creo que terminamos la tarea, comimos algo, fui al baño -unas cinco veces- y miré el reloj unas doscientas. Yo pedí de nuevo que me lo describieran para ver si lo recordaba y no, no lo recordaba, pero por lo que decían parecía estar guapo.

A las seis en punto tocaron el timbre, ya estaba oscuro y el alumbrado público nos iluminaba lo suficiente para reconocernos, pero también para escondernos, eso me dio un poco de tranquilidad.

Nos sentamos en las gradas de la entrada de la casa de mi amiga, a sabiendas de que ellas estaban pegadas a la ventana registrando cada movimiento.

Un poco nerviosa lo saludé y me contó dónde me había visto, efectivamente el día anterior, pero yo no tengo el mínimo recuerdo de él, aunque visto lo visto, no sé cómo se me pasó. Este chico es guapo, guapo tirando a por qué le gusto yo?????

Pero, bueno, el punto es que me fui sintiendo más cómoda, hablamos, me hizo reír y me veía con esos ojos verdes hermosos, que quién se puede resistir a esos ojos. ¡Y ahí se me olvidó todo!

Primero se acercó, me tomó la mano, me tocó la cara y me corrió el cabello y me dio un tierno beso de piquito como tanteando el terreno. Yo estoy segura de que temblaba y no precisamente por el frío, si estamos en pleno verano.

Ya él sabía que era mi primer beso, obvio que mis amigas no tuvieron reparo en hacérselo saber y como todo un experimentado me dijo que, tranquila, que él me iba a enseñar y así me acercó a él, una mano la puso en la espalda y con la otra tomó mi cara y me dio el más tierno, rico y sexoso beso sabor a tutti frutti.

¡¿Cómo putas nunca antes había dado un beso?! Yo honestamente no quería dejar de besarlo, estaba enmudecida y ahora tenía su confite en mi boca, yo creo que fui de nivel cero a experimentada en una sola noche. Jajajaja

Después de todas las historias de terror de mis amigas de su primer beso, la verdad, no tenía altas expectativas. Pero este beso fue EL BESO. Creo que ahora seré yo la que acapararé la conversación. jajajaja

Nos besamos un par de veces más y cada uno fue mejor que el otro. Yo no quería que la noche acabara y parecía que él tampoco, pero yo debía tomar el bus de ocho.

Acordamos vernos de nuevo. Le dije que yo salía a las tres del cole, así que a esa hora me quedaba bien, pero él me dijo que iba a tener que ser el fin de semana, porque entre semana él salía muy tarde del trabajo.

Y yo ¿WTF????? Cómo trabajo... ¿qué edad tiene este chicooooooo? ¡veintidós! Siiii veintidós años!!! mi primer beso fue con un chico siete años mayor!!!! No, no, es que es, como de novela!!! Mejor no lo hubiera planeado yo!

Jajajaja ya veré cómo hago para escaparme de mi mamá.

Siempre y para siempre

Ella está sentada en el café de siempre, esperando a su galán y él va de camino a ver a su novia, como tantas veces lo ha hecho en el último año. Ninguna de las dos sabía que pronto les romperían el corazón.

Mientras espera, pide su café descafeinado, hace tiempo que dejó la cafeína porque no había forma de evitar que le diera taquicardia. Él aún no llega y la espera se hace eterna, como cuando esperó a que le bajara la menstruación tras un defectuoso condón.

Él está absorto en sus pensamientos, mirando por la ventana del tren que lo lleva a su destino y le permite dejar atrás la rutina de eso que llama vida. No puede evitar pensar en lo mucho que ha disfrutado los momentos a su lado.

Ella no hace mucho que ha encontrado el amor... otra vez, y como una niña chiquita se ha enamorado, de ese hombre lindo... de espíritu, cariñoso, que la lleva el cielo con solo mirarla, la derrite como helado en pleno verano y la devuelve a tierra con un beso candente.

Se sonroja con solo pensarlo y le da pena, voltea para asegurarse de que nadie lo ha notado. Le pregunta al camarero que si le puede traer un vasito con agua, pues, de pronto, le ha dado calor a pesar de que afuera no está a más de diez.

Él garabatea en su libro de dibujos, su mente se pierde entre el verde paisaje y la negrura del carbón que marca sobre el papel trazos al azar. Esta vez el recorrido se le ha hecho más largo. Mira el reloj, y no, va puntual, es solo la sensación de no querer llegar.

Mordisquea el sándwich que ha pedido y guarda cuidadosamente la galleta que ha comprado para ella, su favorita: con chispas de chocolate. ¡Quién lo viera de romántico!

Ella saca un libro para matar el tiempo. Se ha retrasado y no le queda más que esperar, como siempre lo ha esperado. Ella ha sido transparente desde el inicio y solo ha sido paciente, le ha dado su espacio y le ha permitido crecer junto a ella. Ha funcionado.

Finalmente, llega a su destino. Y como cada viernes sí y otro también, ella le espera en el andén. La ve desde lejos y siente su amor desde antes de que el tren se detenga y las puertas se abran. Perplejo camina hacia ella y la abraza. Está feliz de verla.

Levanta la mirada del libro que la tiene absorta, justo en el momento de encontrarse con él, quien se abalanza y le da un sonoro beso, un poco más histriónico de lo normal, pero no parece feliz.

Caminan agarrados de la mano. Es una tarde perfecta de otoño, las hojas empiezan a caer y el frío les permite acurrucarse. Conversan trivialmente del trabajo y los días largos en los que no están juntos.

Él pide un café para acompañarla y un *croissant* de pistacho, su preferido, para compartir. Ella le sonríe y le confiesa lo mucho que lo ha extrañado, él le asegura sentir lo mismo cada vez que no están juntos.

Él la mira fijamente a los ojos, parece que va a llorar, la abraza y le asegura que también la ama y que desde el inicio ha sido honesto. Ella no ha podido evitar enamorarse y querer algo más que un fin de semana fugaz o unas vacaciones apasionantes.

Él la toma de las manos y le dice que no cree que pueda más. Que es lo más lindo que le ha pasado pero que no entiende su papel. Que quisiera más, mucho más, o al menos no verla partir cada vez que se encuentran desnudos.

Ella tiene un lugar especial en su corazón, y no puede ofrecerle más. Es lo que hay. O esto debe llegar a su final. Él siempre lo ha tenido claro.

La taquicardia ha vuelto y está segura de que no es el café. Toma un sorbo para evitar hacer una escena, ella también quisiera más, pero es lo que hay. O esto debe llegar a su final. Ella lo tenía claro, ¿hasta hoy?

Vuelven a casa con el corazón vacío, perdiendo la batalla contra el destino. Ella le pregunta por su viaje y él le contesta que no cree que haya otros. Él quiere saber de su fin de semana y ella evita contestar conteniendo la lágrima que amenaza con salir. No necesitan decir más.

Se abrazan, son el refugio, el lugar seguro. Se ponen pijamas y se meten en la cama, con un tazón de helados, la cura para el alma, y se sientan a mirar el capítulo de la serie que tienen pendiente, en la comodidad de lo conocido del siempre y para siempre. Hasta que la muerte los separe.

A-Dios

Eras apenas una jovencita que no tenía muchos amigos, tu padre, pastor, y no de ovejas, hacía que cambiaras de código postal en cuanto agarrabas confianza. Te acostumbraste a vivir el día, sin preocuparte por el mañana, porque cada adiós te era muy doloroso.

Sin embargo, en tu última residencia encontraste una amiga, de esas que parecen almas gemelas separadas al nacer, que compartían no solo edad, sino vida familiar. Conectaste con ella de inmediato. De pronto la vida que les tocó, hijas de pastor, errantes por el mundo, les hizo identificarse la una con la otra, se volvieron inseparables.

Un día cualquiera, ante tu insistencia, tus padres siempre precavidos, rompieron una de las reglas sagradas con las que habías sido criada: no dormir en casas ajenas. Era solo de un día para otro, en casa de tu amiga del alma, era la casa del pastor y su familia, amigo de tu papá y papá de tu amiga, quien prometió llevarte ida y vuelta, sana y salva.

Claramente tu amiga no tenía la misma relación de cercanía y confianza con su papá como tú con el tuyo, pero a esa edad es normal ¿no? Nunca hablaste del tema con ella, ni ella parecía tener interés en hablar más de lo necesario sobre su padre.

Vivían a las afueras de la ciudad, como a unas cuatro o cinco horas. El pastor conducía, tu amiga de copiloto y tú en el asiento de atrás desde donde, a través del retrovisor, él te miraba.

"Dios ayúdame a no pensar mal de un siervo tuyo".

Finalmente llegaste a su casa. Felices de pasar tiempo juntas, en un santiamén, aprovechando el calor sofocante de la tarde, corrieron a darse un chapuzón. Sus papás, atentos como siempre las vigilaban a la distancia y de cuando en cuando, el pastor se acercaba a ofrecerles bebidas o entablar conversación, acto que rechazaban educadamente.

Al caer la tarde y mientras tu amiga se cambiaba, el pastor te llamó a una sala de la casa. "Venga para contarle algo". Dudaste, ¿por qué dudaste? "Venga" y al acercarte, así sin más, un beso te robó. Lo empujaste, lo más fuerte que pudiste. "¿Qué le pasa?" Asco, repulsión e incredulidad. Te rogó que no dijeras nada. Saliste corriendo, lo dejaste hablando solo.

En el comedor la mamá de tu amiga hacía dormir a la bebé en sus brazos, mientras alistaba la cena, tu amiga había regresado buscándote. Tú, estás en otro mundo, uno en donde todo lo ocurrido te parece una película de horror, donde ni tu misma crees lo que acaba de suceder.

Te llama, una, dos veces para sacarte del trance. La miras y sin decir nada lloras. De la angustia, del susto, de la impotencia. Tu amiga lo supo inmediatamente, leyó en tu corazón ¿o en el suyo?

Has tenido que volver por el mismo camino que recorrieron esa mañana, con el pastor al volante, su esposa de copiloto, tú y tu amiga en el asiento trasero, aferradas la una a la otra. Sientes su mirada sobre ti nuevamente a través del retrovisor.

Esa sería la última vez que verías a tu amiga.

¿SANTURRONA?

Hoy te habías esmerado por arreglarte, salimos a divertirnos y por qué no, a conocer a alguien interesante me habías dicho. Esto se va a poner bueno, pensé. Tienes treinta, pero a veces eres tan mojigata, que no disfrutas la vida.

El bar estaba repleto, pero logramos una mesa. Pedimos un par de bebidas y bailábamos al compás de la música que el DJ mezclaba. De pronto vi cómo lo mirabas, de reojo desde el otro extremo de la sala y le sonreías picaronamente. Vi cómo cruzabas tus piernas para hacer notar tus perfectas y contorneadas pantorrillas. Y jugabas con el botón de la blusa que asomaba tímidamente tus pechos firmes.

Conversabas conmigo, sí, pero mirabas de soslayo consciente de que en cualquier momento seríamos interrumpidas. Te seguí el juego, porque eso a ti te encanta. Te escondías seductoramente el pelo detrás de la oreja mientras tomabas un sorbo de la segunda margarita que habías pedido.

Hasta que finalmente se acercó, nos invitó a un trago y luego a otro. Congeniaron desde el primer "hola". Sentí la vibra. Hablamos y hablaron de todo, reíste como hace mucho no reías. Ya era hora de que te soltaras un poco. Esta noche no volverás sola a casa.

Coqueteaste y bailaron despacio y en sincronía recorriendo la pista toda la noche y cuando no tuve duda de ser un mal tercio te susurré al oído -me voy, que disfrutes la noche y te cerré el ojo en señal de aprobación, nos vemos mañana. Porque justo esto es lo que necesitas.

Me detuviste y me fulminaste con la mirada y por enésima vez me dijiste que no hacía falta que me fuera, porque no te lo ibas a llevar a la cama. Ahora me vienes con eso, santurrona, pensé. Anda, que no pasa nada. Puedes tener sexo una noche y ya. Disfruta la vida, le dije. No te entiendo.

—*¡Sí, definitivamente, no me entiendes!*

Se despidió efusivamente de nuestro acompañante. Le dio las gracias por una noche maravillosa. Prometió llamarlo y me dejó ahí, sin decir una palabra más.

¿UNA FOTO?

Aquí estamos mi amiga y yo, en esta paradisiaca playa que parece salida de una pintura de Monet: la arena blanca, el mar cristalino, un sol radiante y el cielo perfectamente azul. Disfrutando de la brisa, del agua de coco y un buen libro.

Viajamos a una isla casi desierta para pasar el día, sin teléfonos y sin avisar a nuestro amigo, que ese día no se sentía bien, porque ni nosotras esa mañana sabíamos lo que el destino nos tenía preparado.

Aprovechando tan perfecto escenario, tomándonos fotos estábamos cuando, de pronto, escuchamos una voz que decía:

—*Do you want me to take you a picture?*

Mi amiga y yo entre risas nerviosas aceptamos el ofrecimiento a ese chico que, desde hacía rato, desde lejos, admirábamos por su perfección. Sus pectorales marcados, su cabello color miel y esos brazos que imaginas acurrucándote en un día difícil o lanzándote por los aires en uno delicioso.

Impresionadas a más no poder y, como si fuera un encanto, lo seguimos a su barco, el cual había atracado en la orilla de nuestra paradisiaca isla para reabastecerse de cervezas. Nos contó que era australiano, chef en un crucero y que estaban ahí de paso, por lo que decidió, con sus amigos, rentar un barco para pasar el día.

Lo seguimos, pensando en tomar una cerveza con ellos y regresar a nuestro descanso: un bote prepagado nos llevaría de vuelta a tierra firme donde estaba nuestro hotel.

Los otros tres chicos los conocimos en el bote, todos igual de amables y sonrientes como nuestro anfitrión, aunque no tan guapos. Extrañados pero felices de vernos abordo nos ofrecieron una cerveza y algo de comer. Cada una sin decir nada, pensaba en la locura que era todo eso, pero obviamos el peligro y disfrutamos de la brisa del mar. Tal vez era nuestro día de suerte.

No habíamos tomado dos tragos de la cerveza cuando el barco se empezó a mover. Asustadas les consultamos qué sucedía, indicándoles que nuestras cosas estaban en la playa y debíamos volver para tomar nuestro bote.

Ellos debían seguir su camino y llegar a la costa, también debían volver a tierra firme porque al día siguiente zarpaban. Casualmente se hospedaban en nuestro hotel y ya tenían arreglado el transporte terrestre y, aunque nos ofrecieron volver a la playa si era lo que nosotras queríamos, también nos ofrecieron quedarnos y ellos se encargarían de devolvernos sanas y salvas.

Después de una breve, brevísima calibración con mi amiga, decidimos quedarnos y disfrutar de la compañía de estos cuatro caballeros, pescando, tomando y vacilando en su barco, en medio de la nada del Mar de Andamán. Al final solo perderíamos el libro, el sombrero y los paños.

—Disculpe joven, las chicas que viajaban con usted, ¿a qué hora piensan volver? Si no, debo cobrarles los paños.

¿Cómo se cuenta la vida?

Ustedes ni siquiera lo recordarán, pero en mi época, el baile del pueblo era todo un acontecimiento, por lo que mis hermanas y yo sacábamos nuestras mejores galas y, cuando no había dinero para ir al salón, una "toga" nos hacía la ilusión.

Era el momento perfecto para coquetear con los pretendientes que, en mi caso, eran muchos, sin pecar de creída. Por eso seguro era tan vanidosa y de mi casa no salía hasta que mis cejas quedaran perfectas y mi maquillaje impecable, ignorando la impaciencia de mis hermanas y primas con quienes salíamos a dar la vuelta.

Mi mamá era una santa. Entre rezos y estudios, a todas nos enseñó a lavar, cocinar, limpiar y hasta remendar y de vez en cuando nos cubría con papá. Sin embargo, por ser la mayor, siempre me tocó ser la que llevaba mayor responsabilidad.

Dicen que a algunos les rompí el corazón, porque de novio no me hacía ni me lucía, y los poquísimos que acepté, me aburrían. Mis hermanas sí fueron más novieras y a mí me tocó cuidarlas, porque más de uno se quería aprovechar, pero rapidito se los espantaba.

En la casa a todas les repartía los deberes, menos a los hombres, claro está, a quienes se les servía y tenía todo listo porque debían trabajar o al menos eso nos había enseñado mamá.

Entre baile y baile, calzones amarillos para la buena suerte y miradas furtivas, cada una encontró su galán y fueron dejando la soltería y el hogar que las vio nacer. Con ilusión, en el altar las entregué.

Así nos fuimos quedando solos mis hermanos y yo, que parecían tampoco encontrar el amor, en una casa vacía llena de recuerdos y muchas obligaciones por cumplir.

La coquetería nunca se me quitó, aunque los bailes empezaron a escasear y los pretendientes a desaparecer. Vinieron los sobrinos y luego los hijos de ellos, a quienes no siempre puedo visitar en espera de si mis hermanos vienen o no a almorzar.

A los veinte el tren me dejó, o lo dejé yo, cuando mamá murió.

NO QUISIERAS

No quisiera tener que contar tu historia, pero tu dolor y tu desilusión no pueden quedar atrapadas entre las sábanas de la Noche Vieja.

Ahora estás buscando ayuda. En chats, entre amigos, sitios oficiales y algunos no tanto. Sientes su saliva aún fresca en tu piel, como la pólvora que aún permea en el ambiente después de una noche de fiesta, alegría y promesas rotas. La gente aún no duerme afuera. El mundo sigue su marcha. Tú, sientes que mueres de a poco.

Llegaste hace no más de un año a este país, que no es tu país. Con una maleta llena de ilusiones y aventuras por cumplir. Dejaste un pasado no tan bueno, para crear un presente y futuro mejor. Estabas decidida a hacer las cosas diferente esta vez, te prometiste.

Tu trastorno de ansiedad y depresión quedaron en esa tierra lejana. Tu vida fue retomando el color y empezabas a creer que emigrar había sido la mejor decisión y no solo un salto al vacío.

Pero sin planearlo, unos ojos celestes como el mismísimo cielo, a ciento ochenta centímetros del suelo, enmarcados en una piel blanca como la nieve, arrullados por una seductora voz, se atravesaron en tu camino.

Empezaste una relación, sentimental, no corporal. Decidida a no apresurarte, lo acordaste desde el inicio con el ahora tu novio. El momento no necesitaba de fuegos artificiales ni pétalos de rosa. Solo estar lista para dar el siguiente paso. Así lo harían.

Tu vida, ahora llena de color, parece como vista a través de un caleidoscopio. No recuerdas una época donde fueras más feliz.

Tienes amigos, trabajo, una vida social y un novio que te respeta y te consciente. ¿Qué te podría salir mal?

La navidad, arropada por la familia de tu novio, hizo que extrañaras menos a los tuyos. El recibimiento y el calor de hogar no solo te lo daba la chimenea. Villancicos, vino caliente y platillos tradicionales amenizaron la noche. En Fin de Año solo estarían los dos.

Preparaste la cena, pusiste candelas y hasta el aromatizador que te recomendaron en la tienda, compraste vino, no del de veinte euros que siempre toman, la ocasión ameritaba algo mejor. Llegó puntual y galante como siempre. Comiste y bebiste. Se acercaba la media noche, como se acercaba peligrosamente el deseo. Le recordaste su promesa de esperar. Estalló el juego de pólvora y con él ese instinto que no supo controlar.

Tu cabeza daba vueltas y no por las dos copas de vino que habías tomado. El furor con el que te arrebataba la ropa, no te permitió ni insistir en que no era el momento. Sin darte cuenta, ni poder objetar, entre sus caricias avallasadoras y palabras dulces, su deseo frenético y tu incredulidad, penetró tu cuerpo hasta la saciedad.

Te besó la frente, te dio las gracias por una noche especial y cayó rendido. Tú, sientes un dolor en el pecho que te oprime. De pronto el aire de la habitación no es suficiente y las arcadas se vuelven incontrolables. Tratas de calmarte. Te sudan las manos. Tu corazón late más rápido de lo normal, parece que se te quiere salir. Te ahogas. Esta vez sí vas a morir. Estás segura.

La deconstrucción

El doctor abre la puerta de su consultorio y te mira. No te mira. Te escudriña. Y revisa cada centímetro de tu cuerpo.

Su cara es impasible, no puedes leer sus ojos o sus pensamientos, pero estás segura de que está sorprendido de ver este personaje de ficción que has creado y que te saluda cada mañana desde el espejo.

No levantas la mirada porque hasta las pestañas te pesan y, como pueden ser "rusas", de muñeca o 5D, ya no ves ni tu propio reflejo. Y tu cara no reacciona por más que lo intentes cuando el doctor te advierte de varias sesiones.

No recuerdas ni cómo empezó: te acomplejaba tu copa A y por eso, tras varias cirugías, llegaste a ser triple D; el botox estaba de moda y a los veinticinco empezaste a inyectarte para evitar cualquier arruga, porque envejecer: ¡jamás! Luego la bichectomía y, por qué no, algunos rellenos para pronunciar tus mejillas o perfilar tu mentón.

"Podemos hacerlo", lo escuchas decir y respiras aliviada como cuando te quitaron las uñas que te impedían rascarte a gusto. Lo que siempre has querido es lucir hermosa, ser perfecta y llevas años deconstruyéndote.

En eso estabas cuando el doctor interrumpe tus pensamientos para hablarte de lo afortunada que has sido, porque, a pesar de las no sé cuántas cirugías y procedimientos, algunos hasta ilegales, el dolor más fuerte que tienes es en tus glúteos, cuando te nalguean.

¡Ah! Esas nalgas tan llenas de silicona que ahora parecen bolas de fútbol americano. Esas, que son producto de aquél del que hoy solo queda el nombre en tu piel, "curvas perfectas", te llamaba. ¿Lo recuerdas?

Sonríes pensando en él, porque hace mucho que no ríes mostrando tus dientes, tus labios les prohíben asomarse, debido a que ahora ellos son los protagonistas de tu cara.

Retiras tu cabello cuidadosamente, como usas peluca, después de tanta decoloración has tenido que raparte, mientras en el brazo te sacan sangre y en el otro te conectan una vía.

"Respira profundo y cuenta hasta diez. Cuando despiertes serás otra", te dice.

Uno. Dos. Tres. Cuatro...

DOS

Cuando ha regresado a su casa, su marido sigue ahí, con esa cara de yo no fui con que la enamoró hace tantos años: la misma que pone cada vez que sabe que la ha cagado. La misma que puso cuando le contaste que estabas embarazada.

No tenías más de veinte y él cursaba su último año de universidad. Se casaron, formaron una familia. No puedes decir que has tenido un matrimonio modelo, pero treinta años no se construyen sobre la base de nada.

Regresa a su casa con más preguntas que respuestas y con una verdad a medias que le carcome el corazón y le remueve las entrañas.

Él sigue ahí, al menos su cuerpo. Impávido, sereno. Como si todo y nada hubiera pasado. Esperando. ¿Esperando qué? La luz se ha apagado.

Devuelves el casete de tu mente para encontrar el momento en que dejaste de ser suficiente. ¿Realmente quieres saber?

Regresa a su casa, ¿cuál casa? La que conociste y construiste junto a ese hombre que hoy te parece un extraño. La que está llena de recuerdos, pero no verdades. Buscó respuestas. Debajo de la silla chueca que nunca arregló, en la cama ruidosa y en el espejo opaco. En las flores marchitas de los aniversarios y en las palabras ahora vacías. En la rutina cansona y en el ajetreo diario. En la vida construida y en el futuro lejano. Pero nada encuentra.

Regresa a su casa con el corazón helado y el cuerpo encendido. No es la traición, es lo pendeja que ha sido. Ya no hay lágrimas;

todas están secas. Ya no hay reproches ni gritos sin sentido, solo un silencio abrumador. Tampoco hay ilusión y menos amor. Solo el horrible temor a la soledad, aunque ahora sabes que siempre fuiste la dos.

AMOR A PRIMERA VISTA

La conocí por casualidad, la verdad, un día de esos que no te parece extraordinario, medio gris y con amenaza de lluvia. Un día como cualquier otro en el que correr de un lado al otro buscando información, recurriendo a fuentes, contrarrestando datos y sacando de mentiras verdades, me mantenían ocupado y a mil por hora.

Hasta que la vi y mi mundo se detuvo. Ese primer encuentro transcurrió en cámara lenta. La vi acercarse con su pelo suelto, envuelto por los rayos del sol que se filtraban por una ventana, su piel nácar y su olor a lavanda me transportaron a otra dimensión que me hicieron recordar a Afrodita, la diosa del amor, la belleza y el deseo.

"¿En qué te puedo ayudar?" Y por un segundo no recordé el verdadero motivo por el que estaba ahí. Pero entre risas, miradas furtivas, comentarios superfluos y una que otra indirecta, hasta su teléfono conseguí "para mantenernos en contacto y tener una comunicación más directa".

Sé que ella sintió lo mismo, lo vi en sus ojos, en la forma en la que me miraba, era como que me pidiera a gritos que la amara para siempre.

Más no salir: la busqué en el Registro Civil: soltera; en las redes sociales: tímida pero constante; en sus publicaciones, honesta en lo que le gusta y lo que no y en "San Google", que no me dio mayor detalle.

Unas horas más tarde abrí el WhatsApp, *Escribiendo...* Hola! Soy yo. Borro. ¡Hola! Nos conocimos hoy. Borro. *Escribiendo...* Hola! Me dio mucho gusto conocerte, espero volver a verte pronto e invitarte a un café. Mejor le mando además una solicitud de amistad, en todas las redes, porque no sé cuál utiliza más.

Me contestaste, un poco seca, pero estoy seguro de que estás ocupada. Usualmente no soy tan lanzado, pero contigo todo es diferente. Me motivas. Es como si estuviéramos esperándonos. ¿Sentiste el jalonazo cuando rozaste mi mano? Te pregunto en la carta interminable que escribo para ti, ¿qué puedo hacer?, soy un romántico. ENVIAR, mañana la verás al llegar a tu trabajo.

Han sido unos días muy largos, has atendido muchas personas, todos te escriben, te hablan, tienes mil correos sin leer. Atender periodistas es de nunca terminar, pero al menos tu prometido te espera para ir a cenar. Abres el correo y tienen ochocientos cincuenta mensajes sin leer, ya los revisarás después. ¿Por qué tengo tantos mensajes? ¿Otra vez él?

10:00 AM. Sé que has estado esperando mi mensaje. *Hola! salgamos te prometo que la vas a pasar muy bien.*

Instagram: *hey te parece si nos vemos hoy?* ☺.

Facebook: *estoy seguro de que te encanta la música trova sé de un lugar buenísimo, te veo a las 5?* 🖤 🖤 🖤

Mejor la sorprendo. La espero a la salida de su trabajo, que sea la casualidad la que nos vuelva a reunir.

El galán

...hemos llegado a un punto donde si le abres la puerta a una mujer, te dice que por qué le abres la puerta... ¿cómo le enseño a mi hijo a ser un galán? ¿Cómo le enseño a mi hijo a ser un caballero si no hay una dama que quiere ser tratada como una dama? ¿Me entiendes?

William Levy, Actor cubanoamericano
Entrevista en El Mundo, España

Hoy he salido con un chico, uno que me ha pulseado por más de un mes. No que me muera por salir con él, pero he decidido darle una oportunidad y, en una de esas, la vida te sorprende. Así que he decidido darlo todo.

Tomé un largo baño y hasta me he puesto una mascarilla de carbón para verme fresca y radiante. La ropa la elegí con estrategia: bonita y *sexy* pero no demasiado reveladora, solo con un *hint* de lo que podría perderse.

El maquillaje: natural, pero resaltando mis ojos miel que tanto me piropean y los labios color cereza, por aquello de que haya postre. Y los tacones de aguja, de muerte lenta, que solo utilizo en ocasiones especiales.

Me he arreglado el cabello y he usado mi perfume favorito, Chanel No 5: por si beso... por si abrazo... y por si acaso. Puntual esperé su llegada, porque, eso de hacerse esperar, está muy pasado de moda. No me ha dicho a dónde vamos, pero tanto ha insistido que será en un lugar bonito en la ciudad.

Ha pasado justo a tiempo, vestido apropiadamente para la ocasión: pantalón caqui, camisa a cuadros y un *blazer* que le da un toque de sofisticación. Su olor está impregnado en el carro y su sonrisa cordial me ha dado buena espina, aunque no me haya abierto la puerta. Claro, que no lo necesito.

Buen *playlist* que ameniza el ambiente. Aunque me sorprende que aún no ha decidido el lugar, pero viéndome así de regia estoy segura de que no escogerá cualquiera.

—Italiano, sugiero.

—Prefiero la comida rápida.

¿Comida rápida? Estoy *overdress*, pienso, respiro y sigo con el *flow* de la noche.

Pedimos en el *drive thru*.

¿Es en serio?

Lo convenzo para que al menos comamos en el restaurante.

—Una pizza grande, con pepperoni, para compartir ¿verdad?

—Ehhh. Sí. Respondo.

—¡Ah! Yo quiero también pan de ajo y postre. ¿Vos?

—No, estoy bien. Gracias.

Voltea, con su mirada más seductora y sonrisa artificial y me dice:

—Nos vamos a medias, ¿verdad?

Incrédula pero firme, le entrego mi tarjeta al dependiente, quien me mira disimuladamente. Obvio, puedo pagar, para eso trabajo, no necesito que nadie me mantenga, pero se agradece un poquito de cortesía e interés, ¿no? Sobre todo, si te pides todo el menú del restaurante.

—Estás muy bonita. Lástima que mañana hay que trabajar.

—Amigo, eso lo hubieras pensado antes de invitarme y haberme hecho perder mi tiempo, porque para un combo y una mala conversación me basto sola. Y así, sin más, me llevó de vuelta a casa.

—Ojalá lo repitamos, me encantan las chicas que son autosuficientes, empoderadas e independientes.

Dormida o despierta

Jaaahhh... jaaahhh... jaaahhh...

Otra vez la misma respiración agitada en mi cabeza, el mismo sonido de excitación.

Jaaahhh... jaaahhh... jaaahhh...

Un escalofrío recorre mi cuerpo. Miedo. Estoy expuesta, me siento observada, como deseada. Corro. Y me despierto con el corazón acelerado y las sábanas empapadas debajo de mí. Dormida o despierta, su constante jadeo me acecha, como el león acecha su presa cuando está seguro de que acabará con ella.

Jaaahhh... jaaahhh... jaaahhh...

Mi infancia transcurrió entre bicicletas, árboles frutales y dibujos improvisados que mis tíos y tías, aún solteras procuraban a mis hermanos y a mí en época de vacaciones.

En esa casa vieja de madera de mis abuelos, entre año y año, nos fuimos haciendo muchachitos. Yo era la cumiche así que disfruté por más tiempo de su atención y sus chineos, sin embargo, en un abrir y cerrar de ojos, me convertí en una jovencita coqueta.

Tan coqueta que, un caluroso día de enero, en medio Rezo del Niño, tendría yo unos quince años, me escabullí al cuarto de mi abuela para peinarme y usar alguno de los caros perfumes que siempre guardaba en su cómoda.

Jaaahhh... jaaahhh... jaaahhh...

Ese sonido... se coló entre las rendijas de la madera. No estaba segura de lo que estaba escuchando. Paré el oído.

Jaaahhh... jaaahhh... jaaahhh...

Provenía del cuarto contiguo. Guardé silencio. ¿Será mi imaginación?, pensé. Continué mirándome al espejo, acicalándome. ¡Debe ser mi imaginación!, concluí.

Jaaahhh... jaaahhh... jaaahhh...

No. Ahí estaba otra vez. Me sentí observada, no era mi imaginación. Esa respiración agitada que intentaba traspasar las paredes... sentí miedo... ¿Qué estaba pasando?

Jaaahhh... jaaahhh... jaaahhh... Jaaahhh... jaaahhh... jaaahhh...

Ya no había tiempo. Salí corriendo.

"¿Qué le pasa?", me preguntó mi mamá, quien había salido en mi búsqueda, preocupada porque no regresaba. Le conté lo sucedido aún incrédula y asustada.

"No me extrañaría que fuera él, conociéndolo... ándele de larguito y no se quede sola", me sentenció.

Y nunca más estuve sola... esa respiración jadeante me atormenta día y noche, dormida o despierta.

EL GRAN DÍA

Hoy es un gran día. Estás sentada frente a la puerta de su despacho, emocionada y nerviosa. Los minutos parecen horas y has empezado a sudar el traje sastre azul que mandaste a hacer para la ocasión.

Y en ese momento recuerdas la cara de felicidad de tus papás cuando les contaste. Siempre han estado orgullosos de ti, pero ahora además están felices de que has conseguido todo lo que te has propuesto. Brindaron en tu honor.

Piensas en todo el camino que has recorrido para llegar ahí: largas horas de estudio y preparación, horas extras, fiestas a las que no fuiste o eventos que te perdiste. Unas voces en el interior de la oficina te sacan de tus pensamientos, la reunión parece que va a terminar. Desdoblas tus piernas y tu tacón resbala en la madera recién encerada.

Miras el reloj, faltan cinco para las dos y ya tienes diez minutos de esperar, sin embargo, parece que llevas toda la vida esperando.

Recuerdas cómo iniciaste siendo una chiquilla y como poco a poco acumulando experiencia has ido avanzando. Estás orgullosa de la carrera, la reputación que has construido y la confianza que te has ganado. La puerta se abre y te indican que puedes pasar. Estás preparada.

Avanzas con paso firme, con una sonrisa en la cara. Le saludas con un fuerte apretón de manos y te sientas presta a ultimar detalles.

"Gracias por venir, hay algo que debemos conversar". Te acomodas el saco y sientes una punzada que recorre toda tu espina dorsal.

Miras de reojo el reloj: dos y tres. Mueves la cabeza expectante augurando lo peor. "Pensando en lo que es mejor, sobre todo para ti, el puesto ya no será tuyo". Sientes como se te baja la presión porque un golpe de calor te moja la frente. Sientes arcadas. Te vas a desmayar.

Pero mantienes la compostura y regia escuchas que ser joven y bonita puede ser un riesgo, ya que las largas horas de trabajo juntos podría levantar suspicacias en la gente. "Ya sabe cómo es la gente mejor lo dejamos así, siga haciendo su trabajo, que lo hace muy bien", te asegura.

Rabiosa, confundida e incrédula miras el reloj, son las dos y diez y despiertas.

Golpe de suerte

Cuando ella llegó a la frontera se persignó y siguió derecho, con paso decidido, una maleta repleta de ilusiones y calzones rojos para encontrar el amor. Se fue así sin pensarlo mucho, porque si le daba mucha vuelta, perdería el impulso.

—¡Hola! ¿Cómo estás?

Le había saltado un pop-up hacía un mes atrás, mientras exponía en una reunión de trabajo, le dio un rápido vistazo y lo cerró de inmediato. Unas horas después ya no recordaba el imprudente mensaje.

—Me encanta esa foto que subiste. Yo sueño con conocer esa playa.

Nuevamente irrumpía en sus pensamientos el incesante numerito que anunciaba un nuevo mensaje y esta vez no pudiste resistirte, miraste quién era y no lo reconociste. Eran "amigos" desde hacía unos años, pero nunca habían cruzado ni un saludo. No vivía en el país, pero parecía un chico normal. No tenían amigos en común. Estaba de buen ver y no tenía cara de acosador, por lo menos de entrada.

Después de un ligero *research* decidiste contestar.

—Todo bien. Disculpa, ¿de dónde nos conocemos?

—Hace algunos años en una reunión de negocios y aunque sigo tus publicaciones, hasta hoy me atreví a saludar.

Y así empezó día y noche a conversar, la química era innegable, por lo menos la que se desprendía de los mensajes, compartían gustos y pasiones y buscaban cualquier excusa para conectarse.

Ya no esperaba a que le escribiera y las horas se empezaron a hacer eternas entre cada vibración del celular. Le parecía demasiado perfecto para ser verdad. Pero tenía que creer en los golpes de suerte, ¿no?

—¿Por qué no vienes? Aquí también hay playas lindas. Le soltó un día así no más, sin anestesia ni aviso.

No que no lo quisiera, o lo hubiera pensado, pero le horrorizaba la idea de encontrarse con un ¿desconocido? No había hablado más que un par de semanas con él y aunque su corazón ya derretido le decía que para ayer ya era tarde, su mente le decía que fuera prudente.

Consultó con la almohada, con las amigas y hasta el hijo del vecino, sin lograr un consenso. Los más románticos encantados le decían que se aventurara, que de eso se trataba el amor, que sería una gran historia para contar a los nietos y los más precavidos y reservados... No quiso ni pensar en eso.

Por lo que un día, más temprano que tarde, se fue así sin más, empacó sus calzones rojos y nunca volvió.

Luego entenderás

"Si tú me enseñas lo que tienes ahí, yo te enseño lo mío", te dirá tu primo en medio de un juego que luego no será importante. Pero sí esa primera experiencia, hoy difusa en tu memoria.

No tendrán más de siete y nueve y la curiosidad los alcanzará, no tendrán malicia alguna, por lo menos de tu parte y no se tocarán, solo se reconocerán como dos seres diferentes. Será solo unos minutos o segundos quizás. Avergonzada le mostrarás y, de reojo, mirarás, sin saber bien si lo que haces está bien o mal.

Y luego se burlará de ti, por no tener uno de esos.

Nunca más hablarás del tema, ni con él, ni con tus hermanos, ni con tus papás. Luego entenderás que con el tuyo podrás tener todos los que quieras de esos.

PRÍNCIPE AZUL

"Y me muero por tenerte junto a mí,
cerca, muy cerca de mí,
no separarme de ti.
Y es que eres mi existencia, mi sentir,
eres mi luna, y eres mi sol,
eres mi noche de amor."
Armando Manzanero

Aquí estoy, de pie frente al altar, una reina que no creía en príncipes azules, dándole el sí al mío. "¿Estás lista para nuestra vida juntos?", me susurra.

Enfundada en un vestido de encaje blanco hecho a la medida. Entre miles de rosas blancas que embriagan el ambiente. Con cientos de velas que compiten con el brillante firmamento que nos cobija. Y en el trasfondo, con las dulces notas de un violín que amenizan la velada, me toma por la cintura y me hace volar por el salón al compás de la canción que elegimos para bailar ahora como esposos.

Miro tu cara y no tengo dudas. En tu traje de pingüino pareces el perfecto actor de cine. Con esa mirada profunda y oscura, que algunas veces me confunde, pero que hoy, me jura amor eterno.

Lo mío fue amor a primera vista, aunque suene cursi. Sus detalles, sus palabras bonitas, sus atenciones fueron solo la reafirmación de lo que sentí aquella noche que a lo lejos le sonreí. Apareció. Sí, como un espectro. Llenando un vacío que no sabía que tenía. Completando una parte de mí, que estaba incompleta.

Escucho el Ave María y me parece estar en un sueño. Todo es perfecto. La suave brisa que refresca la noche. Los invitados puntuales, testigos de nuestro gran amor.

Sujeto sus manos varoniles que en nuestra luna de miel recorrerán mi cuerpo y adivinarán cada secreto de mi piel. Las mismas que me llevarán de la mano por las calles de Roma.

Me sonríes. Mi corazón no para de latir y una lágrima brota cuando prometo serte fiel en la prosperidad y en la adversidad, en la salud y en la enfermedad, y así amarte y respetarte todos los días de mi vida.

Veremos el Coliseo y la Capilla Sixtina. Comeremos muchísimo y beberemos más. Reiremos y conoceremos lugares hermosos que empezarán a llenar nuestro álbum de recuerdos, todo saldrá de acuerdo con lo planeado. Aunque seguirá enojado porque empaqué demasiados vestidos "muy cortos" y ni el infernal calor de verano le harán darme la razón.

"Los declaro marido y mujer", logré escuchar. Mientras tomas mi cara y me plantas un histriónico beso que supuso un aluvión de aplausos y felicitaciones. Todos te aman. Nadie tiene duda de que eres el hombre que el Universo tenía para mí. Yo lo sé.

Caminaremos por la Via del Corso aprovechando la cálida noche hasta llegar al hotel y, al sexto día, una bofetada, tras otra y un puñetazo avasallador me descolocarán. No será un pleito tan solo su obsesión. No necesitará otra razón. Será simplemente una escena de horror. Me pedirá perdón y me prometerá que no volverá a pasar.

Todavía me susurra. Pétalos, música y buenos deseos. Nuestra familia reunida celebra nuestro amor. Sí, estoy lista para empezar nuestra vida juntos.

TE DEBO UNO

Cada día llego temprano al trabajo para verte, y recibir los buenos días de esa sonrisa que me tiene enloquecida y mejora mi día.

Sueño contigo día y noche y me imagino en tus brazos, esos brazos perfectos que se encuentran en inigualable sintonía con tus piernas y tu trasero fuerte y moldeado que quisiera mordisquear. No eres fan del *gym*, solamente tu genética te ha ayudado y ¡cómo te ha ayudado!

Además, eres simpático, amigo de todos y genuinamente interesado en los demás, pero hay algo especial entre nosotros, esa complicidad no escrita, esa mirada intensa y sostenida, esa falta de aire cuando estamos cerca y ese querer más en silencio. Estoy segura de que tú también lo sientes.

No eres un jugado, más bien diría que eres un poco tímido y sin mucha experiencia, pero a muchas traes locas y más de una sueña con ser la exclusiva, la que desvela tus noches y provoca tus pasiones, yo incluida.

Te he trabajado, sin duda, pero aún no se ha dado la ocasión en la que estemos juntos, solo tú y yo, olvidándonos de la vida y sus dificultades o del pequeño detalle de que eres mi supervisor.

—¡Hola!

Me tocas el hombro para llamar mi atención a la vez que me vuelvo para ver nuevamente tu perfecta sonrisa saludándome y encantándome.

Mis piernas flaquean y dudo al responder. No esperaba verte. Pero ahí estabas, dándome un fuerte abrazo que me alborotó las hormonas.

La música escandalosa y el bar a reventar me impiden oírte y me señalas la puerta para que salgamos. Me tomas de la mano para atravesar la muchedumbre y yo siento que mis dedos se derriten a tu tacto.

Apenas al salir, tiras de mí y me plantas un beso: lindo, sensual y enloquecedor.

—Quitemos esto del medio me dices. Y me miras confirmando lo que siempre he sentido. Me besas de nuevo.

Yo estoy que no me la creo y ni siquiera sé lo que digo, siento que balbuceo. He esperado tanto este momento que parece surreal, sin duda, mejor que cualquier sueño mojado que haya tenido con él.

—¿Te gustaría que continuemos esto en algún lugar más privado?

Me hago de rogar, aunque es lo que más he deseado, dudo si lanzarme al todo por el todo. Pero por qué desaprovechar la oportunidad y accedo nerviosa.

No hacen falta muchas palabras para confirmar lo que sentimos el uno por el otro y el camino no es más que un juego que nos permite anticipar la noche.

Me carga para entrar en la habitación y me lanza sobre la cama, a la vez que me besa apasionadamente y empieza a desvestirme. Qué dicha que me puse ropa interior bonita, pienso. Continúa concentrado recorriendo mi cuerpo, despacio, admirándolo y me hace sentir deseada. Se desviste y compruebo lo que solamente imaginaba.

Tomo el control y le beso como si el mundo se fuera acabar, me detiene para ponerse un condón sin perder el ritmo que nuestros cuerpos encontraron tan fácilmente, como si estuviéramos acostumbrados el uno al otro y, cuando ya estoy lista te apartas de mí, con una mano continúas tocándome y con la otra...

—¡Adiós, hijos! Le hace un nudo al condón lo tira por ahí y me abraza. Me da un beso en la frente y me dice ¡te debo uno!

Me quedaste debiendo mucho más, pienso.

NO PERDONA

La verdad es que siempre has sido un hombre que no perdona. A ninguna mujer. Aunque estás casado, has sido siempre alguien sin una vida. Ni en el presente. Ni en el futuro. Sin una vida verdadera, quiero decir. Por eso, me contratarás y, desde el primer momento, me tendrás cerquita.

Estarás siempre detrás de mí, como un perrito, oliéndome, persiguiéndome. Dirás que es por mi perfume, pero ni ahora, ni entonces, te creeré. Desde ya sé que es por mi cuerpo todo, aunque donde más te detendrás será en mis piernas. Se te irán los ojos. Escudriñarás cualquier descuido que tenga. Y subirás con tu mirada para desearme los pechos. Te podré leer hasta los pensamientos. Los mueves tan provocadoramente. Se bambolean con tu paso.

Sé que cada noche sueñas con volverme a ver, cuando logras dormir, porque la noche es una eterna vigilia en la que planeas tu próximo movimiento. Aunque te diga una y otra vez que no, seguirás al acecho y buscarás cualquier excusa con tal de respirar mí mismo aire.

Me invitarás a almorzar y yo no sabré negarme, porque al fin de cuentas no solo eres mi jefe, eres mi ¿amigo? Pero de nuevo rozarás mi mano y me sonreirás seductoramente. Y hasta soltarás una que otra trillada frase, de esas que, los hombres como tú creen que conquista mujeres. No podré evitarlo. Y mi nerviosismo te confundirá y pensarás que lo estás logrando.

Pasarán los días y los meses. Seguiré sintiéndome observada, desnuda cuando estoy contigo. Y no faltarán situaciones incómodas en las que un abrazo o un beso de despedida dure más de lo que debería. Pero no avanzarás. Nunca has avanzado. Perro que ladra no muerde, pensaré. Te seguiré el juego y me haré la desentendida. Pronto acabará el proyecto.

"Aparte de guapa, inteligente", me dirás un día al finalizar una reunión en tu oficina. "Eso ya lo sé", responderé y daré por terminada la reunión. Pero tú no. Como bestia enjaulada te abalanzarás sobre mí solicitando un beso. "Uno chiquito", me dirás mientras me tiras contra la pared y me restringes sujetando mis manos. Me respirarás muy cerca. Puedo sentir tu corazón acelerado y tu excitación más abajo.

Estaré atrapada y confundida. Alguien podría entrar. ¿Grito? "Vamos no seas así, nadie se va a dar cuenta", me repites. Forcejeamos unos minutos. ¿Segundos? Tratarás de alcanzar mi boca, pero lograré escaparme hoy.

CUÁNTO VALE EL AMOR

Todos se quedaron en silencio cuando llegué. Se vieron las caras unos a otros sorprendidos y unos, más indiscretos, comentaron bajito que todavía había esperanza.

Yo sonreí con esa mueca falsa que mantienes cuando te encuentras a alguien que no te cae bien, sudando como si estuviera en la India en pleno verano, pero regia y como si conmigo no fuera la cosa, sin soltar la mano de mi novio, fui presentándolo uno a uno. Era la primera vez en cuarenta y cinco años que llegaba a una fiesta familiar acompañada de un hombre.

Entiendo la sorpresa de mis familiares, porque la verdad ni yo me la creo, digamos que a estas edades y con esta cara una ya empieza a pensar que se va a quedar para vestir santos, bueno, y no es solo que una lo piense, es lo que todo el mundo te dice. Pero muy en secreto, yo siempre tuve fe de que ese alguien llegaría.

Nos conocimos por esas cosas del destino. Yo viajaba todos los días en el mismo bus de ida y de regreso del trabajo, pero ese día me dejó, o yo lo dejé, llovía torrencialmente y mis tacones aguja en medio de gente, charcos, cargando bolso, teléfono y paraguas, no me dejaron caminar de prisa para llegar a la parada a tiempo.

Cuando de pronto un caballero se detiene, se sube el casco, en lo que yo agarro el paraguas fuertemente para prepararlo como arma mortal, me sonríe, me bromea con algo de pollo mojado que no alcancé a oír. Sonreí incómoda y me dispuse a ignorarlo, él insistente me habló de nuevo para pedirme una dirección. Obvio, si no es para asaltarme, para qué más iba a ser. Y el resto es historia, le conté a mis tías que, entre tequila y tequila, se fueron relajando.

"¿Quieres algo más, amor?", me dijiste, dejando a todos admirados. Sonrojada te pedí otro trago.

Mis primas preocupadas u ocupadas en saber lo que ocurría me seguían preguntando: y tu familia, ¿qué dice? Guapo sí está, tenés que cuidarlo. ¿Conoces a su familia? ¿De dónde viene?

Y como quién busca el pelo en la sopa, continuaron turnándose: ¿Cómo, así que ya vives con él? Pero ¿en qué trabaja? Y, ¿cómo pagan las cosas? Pero ¿te puede mantener?

Yo pago todo, sí, yo lo mantengo, sí, sí, sí. Pero... ¿Cuánto vale el amor?

PLAN TRANQUILO

Ese día íbamos en plan tranquilo mis amigas y yo a tomarnos algo, hasta que una me dijo que se nos uniría el amigo de su novio que estaba de visita, porque vivía fuera del país: un muchacho tranquilo, trabajador, guapo, soltero, es decir, un buen prospecto.

Inmediatamente yo: ¡check, check, check! *Ese hombre es míoooo..., ni te le acerques es mío..., mío...* dice una popular canción.

Desde que llegamos establecí contacto visual e hice sutilmente la anotación de mi interés. Bebimos, vacilamos, bailamos, bebimos, hablamos, bebimos, cantamos, bebimos y bebimos, al menos yo que, entre la emoción de estar con mis amigas y el valor que necesitaba, me tomé hasta el agua de los floreros.

Mi otra amiga interesada en el objetivo fue perdiendo la batalla: entre mi natural encanto y mis destrezas de seducción, encontré en su mirada un especial interés hacia mí, o al menos eso sentía yo.

Cuando la noche terminaba y era evidente que sola no podía volver a casa, mis amigas, que tenían otros planes, me abandonaron, por lo que no tuve más remedio que casualmente decidir quedarme con él, al tiempo que lo abrazaba y no le daba mucha opción.

No sé si era el destilado corriendo por mis venas o la seguridad de haber encontrado lo que ni sabía que andaba buscado, pero ese día estaba decidida a hacerlo *míoooo, ¡¡¡para siempre míooo!!!!*

Su reacción no la recuerdo bien, o si quería o no, pero sé con total seguridad que acaricié su piel al tiempo que le decía lo mucho que me gustaba su olor, que se mezclaba en perfecta sintonía con el amargor de los gin-tonics que aún daban vuelta en mi paladar.

Le toqué el cabello y era sedoso y le desabotoné la camisa mientras con la otra me quitaba la blusa. Recuerdo borrosamente sus ojos incrédulos ante mi impetuoso avance.

Su amigo, que nos había prestado el sillón de la casa para pasar la noche, nos calló desde lejos. Continué sin perder el ritmo, en silencio para no molestar, pero decidida a conquistarlo.

Le besé las manos, los brazos, el cuello, las mejillas y los labios. Su sabor a limón y sal del último tequila que tomamos me revolvió el estómago, pero respiré fuerte y seguí decidida con su pantalón, mis manos heladas le provocaron un escalofrío y los dos gemimos anticipando el deseo, no había vuelta atrás, ya era mío.

Todo acabó

En lugar de buscar un psicólogo, aceptaste la invitación de tu ex para pasar unos días en la playa para reiniciar, buscar el balance y sobre todo ¡la paz! que tanto tu corazón necesitaba. El trabajo, la familia y la vida misma te tenían aturdida.

El viaje lo habían planeado juntos mucho antes de que terminaran, pero estando pago, decidiste que esos días te caerían de maravilla no sin antes advertirle que sería solamente como amigos.

Él aceptó de buen gusto y aunque no fue la ruptura más amorosa... ya era tema superado para ti. Salieron bien temprano para evitar el tráfico y llegaron al Pacífico en un día precioso, donde el cielo azul, la arena blanca y el vaivén de las palmeras lograron su objetivo: relajarte.

Todo el día cada uno estuvo en su plan y agradeciste que entendiera y te dejara estar. Necesitabas ese tiempo para ti.

En la noche reservaron la cena en un restaurante cercano al hotel; tú te saliste primero y él te dijo que te alcanzaría. Pediste una botella de vino y un antipasto esperando que llegara. Morías de hambre y él tardaba, no sabías por qué si ya estaba listo.

Llegó particularmente emocionado, pero comieron y bebieron en relativa calma, aunque por primera vez desde que llegaron tuviste que esquivar un comentario algo amoroso y un roce que te puso nerviosa. Al principio lo ignoraste, pero luego decidiste que debías ser clara, para que no hubiera confusiones, sobre todo ahora que les tocaba dormir en la misma cama.

Antes de pedir la cuenta le recordaste lo pactado e insististe en que era momento de volver a la habitación. Querías dormir temprano, al día siguiente verías el amanecer mientras recorrías la playa a caballo. Aún tenías mucho que resolver.

Él aceptó encantado.

Al abrir la puerta había pétalos de rosa regados por la habitación, cientos de velas encendidas, una botella de champán enfriando, chocolates, quesos, música de fondo y la tina llena. A pesar de lo hermoso y romántico del entorno, tu corazón dio un vuelco, tu mente se bloqueó y por un momento tuviste miedo.

Al volverte estaba arrodillado, no para pedirte matrimonio —gracias a Dios— pensaste, pero sí para pedirte perdón y suplicarte que volvieran. Te repitió una y otra vez que no podía vivir sin ti. Casi arrastrándose a tus pies.

La escena era patética e increíble, como salida de una novela barata y aunque por un momento sentiste feo y no podías creer lo que sucedía, te enojaste, sí, con todo derecho. No solo no estaba respetando tus deseos, si no que se hacía la víctima.

Se abrazaba a tus piernas y lloraba incesantemente. Mantuviste la entereza, y a pesar de que tenías una mezcla de emociones, trataste de calmarlo, le explicaste una y otra vez que ya todo había acabado y que así lo habían hablado antes de salir.

Trató de besarte una y otra vez, asegurándote que así te darías cuenta de que aún lo amabas, te convencería de que no era cierto que todo había terminado. Él sabía que aún lo querías.

Forcejearon, le gritaste que parara, que se alejara de ti, él te gritó enfurecido e, impotente, cerró la puerta, pasó el pestillo. No te escuchaba, estaba como poseído. Temiste. ¿Quién sabía dónde estabas?

Recobraste la calma y en medio del temor reuniste valor y le dijiste que se calmara, que estaba bien, que lo entendías, que podían conversar, que no te ibas a ir, pero que hoy no debía pasar nada, que estaban agotados, que lo mejor era hablar en la mañana. Parecía que tus palabras empezaban a surtir efecto, su agitación empezaba a cesar y ya no lloraba torrencialmente.

Se acostó a tu lado y te abrazó. Y te susurró... Si me dejas yo me mato.

Miraste las llaves del carro que estaban en el buró y te quedaste dormida.

EL LLAMADO

Lo soñé desde que era una niña pequeña, jugaba todos los días a lo mismo y nadie tenía dudas de que llegaría a ser una gran abogada y no una cualquiera, una que fuera además jueza penal. Sí, quería defender a buenos y malos porque todos son inocentes hasta que se compruebe lo contrario, o al menos, eso dicen en las películas.

Pero la vida se interpuso en el camino, el esposo, el dinero, luego la familia, los hijos, los nietos y terminé siendo maestra. No me quejo, fueron unos años lindísimos entre risas, colerones y mucho trabajo. Vi pasar a más de veinte generaciones y algunos me continuaron llamando y escribiendo, pues, porque me recordaban con cariño.

Pero el gusanito del derecho siempre estuvo ahí. Me metía en cuanta actividad o simulacro de juicios había, opinaba de los divorcios de mis amigas, de la custodia de los hijos, de las herencias y de todo cuanto me oliera a leyes y usualmente acertaba y siempre terminaban con el "vos debiste ser abogada".

Como si no supiera yo que ser abogada estaba en mi ADN y por eso, un buen día, me inscribí en la Universidad, nunca es tarde para hacer lo que a una le apasiona, ¿no? Sobre todo, si ya no hay esposo y la familia ha crecido y se ha ido.

Ese día cumplía sesenta y me lo di de regalo, aunque mucha gente piensa que a esa edad la vida ya va de bajada, yo definitivamente iba de subida.

Recuerdo la cara de esos mocosos cuando me vieron entrar: pensaron que era la profesora. ¡Ja! Pero yo, muy digna, saqué mi cuaderno y mis lapiceros y empecé a tomar apuntes, había hecho las lecturas del día, así que me sentía confiada, y con mucho orgullo respondía a la profesora lo que preguntaba.

Salimos al receso, comí algo y volvimos para el segundo periodo, no sin antes atender con una sonrisa los comentarios indiscretos o las preguntas sin lugar de mis compañeros, que no podían creer que alguien como yo todavía tuviera ganas de estudiar, pero yo no cabía de la felicidad. Era el momento que había esperado toda mi vida. ¡Sería una gran abogada!

Recuerdo perfectamente que estábamos empezando a analizar la Historia del Derecho cuando me sentí mal del estómago, como indigesta, yo no podía creer que eso me estuviera pasando, pero, ni modo, me excusé un momento y, en el baño, me refresqué un poco.

No le di mayor importancia y volví pronto al aula: no quería perderme ningún detalle. Probablemente entre el susto del primer día y el sándwich de pollo con pesto que me acababa de comer, mi estómago, inoportuno, estaba haciendo de las suyas.

Regresé al salón y no pasaron más de diez minutos cuando sentí como una presión en el pecho, algo me ardía por dentro y me empezó a faltar la respiración. Estaba mareada y sudaba copiosamente y, antes de que pudiera reaccionar, colapsé.

Así, sin más, estruendosamente, caí en el suelo, a vista y paciencia de toda la clase. Todos se quedaron enmudecidos sin saber bien cómo reaccionar, mientras que la profesora llamaba una ambulancia.

Mis compañeros, los más atrevidos, me llamaban por mi nombre, me daban aire y trataron de que reaccionara, pero yo había perdido el conocimiento. Otros solo miraban horrorizados.

Llegó la ambulancia con los paramédicos y trataron de reanimarme, pero ese día morí de un paro cardiorrespiratorio fulminante o eso les dijeron a mis compañeros.

Rota

Los días pasan uno tras otro sin que nada permute, tú sigues tumbada en tu cama en un limbo entre el más allá y el más acá. No sabes la hora, si es de día o de noche, o cuándo fue la última vez que te bañaste.

Comes a cuenta gota, entre cada vez que despiertas, cuando las Valium te lo permite, del trabajo te han dado de baja, no contestas las llamadas y ya las lagañas te impiden hasta leer los mensajes que te provocan un sobresalto cada vez que llegan sin invitación.

Se te ha ido el alma, el deseo, la pasión y las ganas de vivir. Todo a tu alrededor se mira negro y parece que caes en un hoyo sin fin. Tratas de levantarte, pero te flaquean las piernas y el cerebro y te consumes nuevamente en un eterno llorar.

Salen solas, sí, las lágrimas tienen vida propia y ya no las puedes controlar, creo que lloras hasta cuando estás dormida. ¿Serán las pesadillas que atormentan tu descanso o la dura realidad que no quieres enfrentar?

Te duelen las costillas, la cabeza y hasta respirar. Tiemblas, aunque no hace frío. Te duelen los párpados, los tienes hinchados, parece que van a explotar, tienes la nariz quemada de tanto que te limpias los mocos que salen a raudales. Nunca te habías sentido así.

Tienes roto el corazón.

Y los sueños, los planes y la vida misma.

Y te atormentas pensando, una y otra vez, en los lugares no explorados, en las risas ausentes, en los secretos no compartidos, en el futuro olvidado, en las noches largas y los días cortos, en la voz efímera pero encantadora y en las caricias que ya no fueron.

No sabes cómo continuar, las fuerzas flaquean y tu mundo parece haberse reducido. Ni tu familia ni tus amigos entenderían lo que es amar así, sin límites ni prejuicios, siendo sin ser y viviendo al límite, amando más allá de las capacidades, de quién eres, entregándote por completo a ese ser que no sabías que tanto añorabas en tu corazón, abriendo una puerta que no sabías que podías abrir.

Pero inténtalo, anda, levántate, que ningún hombre merece que estés así, te repiten frustrados.

Tal vez un hombre no, pero ella sí, piensas, callas y vuelves a llorar.

SOY

Me gusta disfrutar de mi taza de café, bien caliente, sin azúcar y con un chorrito de leche, en mi casa, en el silencio que da la soledad, pero no la angustiosa ni la depresiva, la soledad maravillosa de estar conmigo misma.

Son las cuatro de la tarde y como religiosamente hago, bebo mi taza de café, solita, absorbiendo su aroma y degustando su sabor.

Sin embargo, hoy estoy sentada en la mecedora que me heredó mi papá, la misma en la que me arrulló cuando era una niña mientras me cantaba una canción de cuna. Y miro por la ventana como también lo hacía mi viejo y pienso en lo que han sido estos cuarenta años. ¿Será la silla la que me ha embrujado?

Tomo otro sorbo. Este que me han regalado, tiene un sabor más amargo, pero en el fondo del paladar se perciben unas notas muy intensas como a cacao y madera... debe ser de altura.

Tuve una infancia inquieta, una adolescencia fogosa, una juventud aventurera y una adultez segura... segura, sí.

Me detengo para aspirar nuevamente su aroma, una mezcla exquisita de café y chocolate.

He llegado a esa edad en la que por fin sé lo que quiero y lo que no, donde disfruto de una cita frente al televisor o de una copa de vino y un buen libro.

Donde querer esposo o hijos ya no es un requisito, pero sí conocer el mundo y disfrutar la vida, al menos para mí.

Donde una simple taza de café me da placer. O dormir hasta tarde o no levantarme del todo. De pasear, conocer gente, disfrutar el día sin preocuparme tanto del mañana.

De ocuparme de los míos, sin preocuparme de los otros, buscando siempre lo que nadie entiende.

Me saludan de lejos cuando me ven aquí sentada, siempre preguntándose si soy feliz, pobrecita tan sola, murmuran.

Sonrío resignada, cansada de explicar y disimular y alzo mi taza de café en señal de que todo está bien, que continúe su camino, que yo estoy en el mío.

He terminado mi taza de café y lloro.

¿ARTIFICIAL?

Escribiendo...

Cómo encontrar un hombre que:
1. Sea atento pero que no coarte mi libertad.
2. Detallista pero que no me compre con regalos.
3. *Fit* pero que no sea fanático del ejercicio.
4. Independiente pero que le guste pasar tiempo conmigo.
5. Que sea inteligente pero no arrogante.

Escribiendo...

6. Que tenga buena conversación pero que me escuche.
7. Que tenga suficiente dinero para que no lo tenga que mantener.
8. Serio pero que le guste salir de fiesta y mis amigos.
9. Que tenga potencial para formar una familia.

Escribiendo...
10. Y si no es mucho pedir... que tenga ojos claros y una sonrisa perfecta.

CHATGPT:

Encontrar a una persona que cumpla con todas las características mencionadas puede ser difícil, especialmente si soy la única que sueña que él sea realidad y nunca viceversa. Por lo tanto, te sugiero:

1. Define tus prioridades: No me gustan los besos recalentados, ni guardados en la boca de un día para otro. Busco a un individuo capaz de inventar sus propios besos, con los sabores y primores que pongan a cantar nuestras lenguas.

2. Amplía tus horizontes: Que lo excite el horizonte, el de mi cuerpo y su cuerpo, cuando se entrelazan desnudos sobre la cama.

3. Comunica tus expectativas: Que su mirada y la mía se pierdan en una conversación interminable y el silencio sea tan abrumador, que el tacto sea nuestro lenguaje común.

4. Busca cualidades fundamentales: Que erice mi piel y me arrulle su voz. Que me alborote el corazón y me haga perder la razón de cuando en cuando. Y su pecho sea mi lugar seguro, donde descansar mi alma atribulada.

5. Sé realista y flexible: ¿Qué es realidad? Esa que dibujas en mi cuerpo cada vez que damos rienda suelta al deseo o la que cada mañana me hace huevos revueltos.

Escribiendo...

¡Gracias CHATGPT, por nada!

DE LA AUTORA

Maricruz Núñez, San José, Costa Rica, 1984. Licenciada en periodismo, Universidad Federada de Costa Rica. Periodista de profesión, comunicadora por amor y soñadora por vocación. Ha publicado crónicas y artículos en diferentes revistas y es coautora del libro *Don Pepe, Crónicas al pie del hombre* en el 2016.

ÍNDICE

Otra vez 11

El poder del no 13

Amor-odio 15

La edad de mi escalofrío 17

¿Amigos sin etiquetas? 19

La salchicha 21

Quién es quién 23

Como cuatro 25

Un viaje inolvidable 26

Al otro lado del mar 31

A la espera de la realidad 32

¿Señora? 34

Fluctuaciones del tiempo 36

Adiós a la muñeca 39

La sombra 40

Sabor a tutti frutti 43

Siempre y para siempre 47

A-Dios 50

¿Santurrona? 53

¿Una foto? 55

¿Cómo se cuenta la vida? 57

No quisieras 59

La deconstrucción 61

Dos 63

Amor a primera vista 65

El galán 67

Dormida o despierta 69

El gran día 71

Golpe de suerte 73

Luego entenderás 75

Príncipe azul 76

Te debo uno 79

No perdona 81

Cuánto vale el amor 83

Plan tranquilo 85

Todo acabó 87

El llamado 90

Rota 93

Soy 95

¿Artificial? 97

FUNDACIÓN
PRIMIGENIOS

Made in the USA
Middletown, DE
25 August 2024

59127932R00060